시안황금알 시인선 18

습득

송준영 시집

시안황금알시인선 18

습득

초판인쇄일 | 2008년 3월 21일
초판발행일 | 2008년 3월 31일

지은이 | 송준영
편집인 | 오탁번
펴낸곳 | 도서출판 황금알
펴낸이 | 金永馥

주　간 | 김영탁
편집실장 | 조경숙
표지디자인 | 칼라박스
주　소 | 서울시 중구 필동2가 124-11 2F
전　화 | 02)2275-9171
팩　스 | 02)2275-9172
이메일 | tibet21@hanmail.net
홈페이지 | http://goldegg21.com
출판등록 | 2003년 03월 26일(제10-2610호)

값 7,000원

ISBN 978-89-91601-49-9-03810

시안황금알 시인선 18

습득

송준영 시집

황금알

밤비 소리를 듣는다

쓸 말들은 어디로 갔나
오랜만에 시집을 낸다
봄비 소리는 가만히 앉아 있을 뿐
비는 왜 오나?
정말 쓸 말이 없다

우두커니 앉아 있을 뿐이다
출판사는 반드시 틀을 맞추란다
이 많은 말들은 어디서
온 것일까? 칠통 그 속에서
창밖 유리창이

하늘이 내통하고 있다
빗속에 들려오는
속속히 찬 물외 따오너라
어둠을 여는 소리
나는 그저 고맙다, 라고 쓴다

2008. 3. 봄비가 노크하는 밤
송준영 두 손 모음.

차 례

1부

무심코

구름과 여자 · 12

유리상자에 관하여 · 14

철암 지나 통리에 내리다 · 16

칸나 · 17

빔, 그 한쪽 · 19

단추 · 21

거울에 관한 연구 · 22

거울에 관한 보고 · 23

구두 · 24

깃 없는 바바리 · 25

가을가각街角 · 26

이슬기둥에 관한 보고 · 27

베네딕토 16세 · 29

우산쓰기 · 30

속내 없는 그대다 · 31

손도장을 찍다, 흔적 없이 · 32

또 다른 토끼에 대한 검색 · 34

모래경經 · 36

어느 잡지사에 보낸 시작 메모 · 37

고향 · 38

편안히 · 39

무위진인無爲眞人 · 40

무심코 · 41

2부

습득

Dharma · 44

서옹가풍 1 · 45

서옹가풍 2 · 46

만공 · 47

나는 나는 풍각쟁이 · 48

서옹스님 · 49

한계령 철없는 단풍 · 50

습득 · 51

동암스님 · 52

선법사 서옹화상 찬 · 53

면목面目 · 55

이하李賀와 달빈거사 · 56

시인 · 60

무량수無量壽, 무량수無量壽하고 울던 그 서러운 쪽빛 하늘 · 61

요놈 봐라 · 63

고요 · 65

서옹법좌 · 66

관수교의 봄 · 67

68년 어느 봄날 무량수전은 배추흰나비떼들로 1 · 68

68년 어느 봄날 무량수전은 배추흰나비떼들로 2 · 69

성철화상 진영 찬 · 70

임제록 · 72

3부

■ 시인의 얼굴과 육필 · 74

4부

우리들의 식사

우리들의 식사 · 78

2000년 봄 강릉 산불은 · 80

굿바이 루사 · 81

창 밖에 봄눈 내리고 · 83

버스터미널 · 84

봄밤 · 85

가을 · 86

눈 쌓인 창 · 87

내 자라던 곳은 · 88

삼단우산 · 90

5부

행장시

동암성수 선사 행장 · 92

■ 시인의 꿈과 길 | 시작노트 · 연보 · 98

* 일러두기
시인의 고유한 심상을 전하기 위해 시어와 시어의 결합은 그대로 살리고
띄어쓰기의 현행원칙을 따르지 않는 경우가 더러 있다.

1부

무심코

구름과 여자

흰 구름이 떠돈다 물컹한
반죽 덩이 구름이
흐른다 흘러내리는
구름 머리카락의
구름 이마의
구름 입술의
구름의 둔부,
종아리의 발가락의 발톱의
발톱에
매달린 연분홍 반달
실핏줄 끄트머리에
대롱거리는 일점의
불꽃 아아 나는
떠돈다 발갛게 달군
관자놀이 불이
떠돈다 불을
먹는다 불을
품는다 불은
안이 안 보인다 불은

밖만
보인다 붉은 길이가
없고 붉은 깊이가
없고 속절없는 붉은
끝없이 떠도는 붉은
끝없이 흐르는 붉은
가기만 하는 구름은
흘러만 가는 구름은
끝없이 벗기만 하는 구름
일 뿐입니다

유리상자에 관하여

유리상자는 무색투명하여 육안으로 볼 수가 없다 어떤 이는 유리상자가 자신을 팽창시키면 하늘을 덮고, 축소하면 겨자씨 속에도 남는다고 하지만, 그건 벽을 문이라고 앉아 있는 묵상가들이 하는 말이다 글로 적을 때 무슨 말인들 못하랴? 영하 20° 내려가는 쩽 갈라져 빛살이 새어나오는 겨울, 하늘을 휘저으며 유리상자가 내닫는다 유리상자를 껴안고 대체 어디로 간단 말인가? 보면 한 눈이요, 달리면 꼬불꼬불 멀기도 해라

내가 유리상자를 처음 본 거는 스물 들던 겨울 양지 쪽 햇살 몰려들던 소백산 낡은 암자였다 큰 법당 앞마당 흰옷을 입은 여든 노파가 머리 흰 아기를 업고 지나간다 쇳소리 나는 겨울날이다 마당을 가로지르는 광채뿐인 유리상자, 하늘과 땅 사이 오직 무중력 상태로 떠가는 유리상자, 도깨비의 장난인가? 근래 중앙시장 앞에서 쉰이 넘었을까 하는 대머리 중년사내가 상자를 무등 태우고 지나갔다 광채가 원을 그리며 지난다 자세히 보니 나다 빛뿐인 유리상자 졸여드는 서른 해 전의 머리 흰 아기, 여든 노파 아기 웃음 웃는 아내는 반짝 웃음을 연방 쏟아내며 "누군 유리상자 하나 안 가졌나요?" 귀 속말로 말한다

반백인 나는 중앙시장 국밥집 소머리가 빚어낸 물의 빛
살에 멱을 감으려 간다 멱을 감는 내가 운다 국밥집 좌판을
수평으로 들어올리는 소머리의 기인 울음, 울음 마디마디
천 개 만 개의 유리상자가 햇살에 꽤 달려 온통 광채 덩어
리다 광채 덩어리다 아아 그래서 소머리는 나도 모르는 사
이 그렇게 빛나는구나 그래서 그래서 들판 텅 빈 꽝꽝 겨울
저녁, 소머리는 얼음해를 따라 긴긴 울음 울어 서녘하늘을
잉크색으로 물들이는구나

　내 고향 논두렁에 울던 황소의 울음소리 (중학교 일학년
인 나는 햇살 아래, 햇살 속에 유리상자가 있다는 거를 모
를 때) 그러나 지금 중요한 건, 황소울음에 섞여 나오는 유
리상자다 과연 상자는 깨트려져도 그 속에 수많은 유리상
자를 토해 낼 것인가? 상자 속에서 유리상자로 된 여든의
노파, 머리 흰 아기, 반백의 소머리가 뛰어 나올 건가? 이다
그럼 결국 유리상자가 이 상자를 건축했다가 해체를 마음
대로 한다 이 이치가 맞는가? 그러나 오직 유리상자인 내
몸이 상자를 베고 잠 잘 수 있는가는 잘 모르겠다

철암 지나 통리에 내리다

기차보다 한 뼘 앞에 검은 바람이 지난다 낫과 톱을 어깨에 맨 갱부의 환한 장화발이 소리도 없이 지난다 하얀 이빨이 이빨을 마주보며 바삐바삐 떠간다 역사 안 드럼통 난로에 괴탄이 이글거린다 플랫폼엔 급행열차가 잠시 멈춘다 이곳은 철암, 산이 떠나가고 산보다 먼저 사람이 캐고 버린 버력만 산이 되어 어둠에 배를 깐다 무게적재함에는 우리의 일용할 양식이 검게검게 볼록한 이마를 내민다 금세 어둠이 꺼면 버력에 엎친다 바람이 검은 철사 줄에 머리에서 발끝까지 꿰달려 윙윙 강철소리를 낸다 저탄장의 탄가루를 업고 간혹 분간 어려운 칠흑 뚫은 별빛 같은 마을을 휘몰아친다 어둠의 사타구니 속으로 돌진한다

형광등과 네온이 창백한 통리 역사엔 괴탄이 이글거리던 드럼통 난로가 없다 이빨과 눈이 유난히 빛나던 갱부들도 없다 탄가루와 긴 쇠꼬챙이가 콱콱 내리찧으면 빨갛게 흘러내리던 불티들도 없다 바람이 분다 멍멍한 하늘 사이 머얼건 땅 위로 바람이 분다 영화 속 같은 사람들이 파릿한 형광등 대합실에서 앉거나 서 있다 유령처럼 땅을 밟지 않고 미끄러진다 빛깔을 분간하기 어려운 칠흑 어둠 사이로 파리한 눈이 온다 나는 오늘 통리역에 내리다

칸나

칸나가 있던 남대천 둔치에
칸나가 없고
칸나가 없는 자리엔 낮은 포복을 하던 짙은 구름 한 쪽이
칸나의 불붙는 궁둥이 자국이 난 바위에 걸터앉아
칸나의 작년을 생각하고
칸나는 흔적이 없고
칸나가 피던 작년은 흔적 없고
칸나의 생각만 피어 있고
칸나가 핀 자리는 없고
칸나만 피고

칸나가 처음 꽃이 핀 날은 신문이 오지 않았고
칸나가 핀 날은 아무 일도 일어나지 않고 다음 날 소나기
가 왔고*

칸나란 제목 아래 까만 겉눈썹도 젖은 눈시울도 이젠 없고
또 너무 많은 하늘이 남의 집 울타리에 하릴없이 다리 하
나를 걸치고**

칸나가 아스팔트에도 피고 기침을 하며 서해로 가면
칸나도 나와 함께 피를 토하며 서해로 달려가고
칸나 앞에서 한 일도 없는 나는
칸나 속에서
칸나와 함께
칸나에 대한 시나 쓰고***

시나 쓰고 시나 쓰는
가을은 기침만 하는 나의
가을은 머리카락만 날리고 덩달아 부는 바람에 속눈썹만
날리고
아내도 없는 빈 방 칸나는
팔방 무늬 천장에 펄럭이고
국화꽃 무늬 벽에도 펄럭이고

* 오규원의 시 「칸나」 변용
** 김춘수의 시 「칸나」 변용
*** 이승훈의 시 「칸나」 변용

빔, 그 한쪽

꿈은 꿈이었다. 밤 내내
빈 뜨락을 진군하던 눈들도 잠들었다. 새벽녘 용두질하던
내 오줌 줄기가 흰 살집에 깊이 깊이
꽂힐 때, 은박지에 싸여서
은코끼리는 처녀설 위를 아무런
흔적도 없이 자꾸 내닫는 밤 내내
용두질만 하고

　　빈터에 은코끼리가 간다. 다리도 없이 긴 코와 보이지 않
는 꼬리를 끌면서, 햇살 머무는 빈터에 발가숭이 눈이 허공
을 향해 누워 있다. 반짝이는 은빛 코끼리, 손톱만한 애기
웃음들이 일시에 모였다가 흩어지곤 한다. 아니 너무 커서
보이지 않는 것 같다. 등은 허공 위로 솟고, 다리는 땅 속에
깊이 박혀 시선 밖이다. 이것은 빔이다. 허공은 빔이다. 허
공과 하늘은 글자가 서로 다르다. 그러나 하늘을 허공이라
부른다. 하늘엔 물고기도 있다. 물고기 뱃살에는 눈부신 깃
털을 달고 있다. 허공이 끄는 새털구름 몇 필. 하늘 면목이
보인다. 아니 얼굴을 내민다. 하늘엔 바람도 산다. 바람은
긴 긴 머리카락만 보여준다. 새털구름이 머리카락 채찍에

맞아떨어진다. 공은 빔과 어울려 낙화한다. 떨어져 닿는 밑
바탕은 꿈이다. 꿈은 필요하다. 눈도 필요하다. 눈 위로 낙
화하는 용두질의 빔, 빔뿐인 꿈은 어둡다, 밝다.

단추

비 오는 날 가을 저녁 선생님 뵈려 중앙문화원으로 간다 아
내가 작년 가을에 사준 아이보리 색 바바리를 왼팔에 걸치
고 왼손엔 까만 가방을 들고 오른 손에 우산을 든 나는 겨
우 머리와 얼굴만 우산으로 가린 채 배제학원 언덕길을 올
라간다 비는 아스팔트 골목길로 흐르고 비는 중얼중얼 자
꾸 말을 하고 우산 위에서 말을 붙이고 구두 뒷발굽 아래서
자꾸자꾸 중얼거리는데 내 머리 속엔 선생님 생각 비 생각
아참!
대롱이던 단추 생각도 했었네 한 가닥 실에 매달린 바바리
셋째 단추, 단추는 늘 대롱대롱 말을 했고 선생님을 뵙는
오늘 내가 미안하다미안하다 단추야, 갑자기 단추를 떼어
주머니에 넣으세요 누군가 말하면 선생님을 뵙는 단추는
대롱거리는 말을 하지 집에 돌아가면 아내에게 단추를 달
아 달라해야겠네

거울에 관한 연구

마누라랑 한바탕하고 어물시장거닐며 도마 위에 난도질당
하는 생선 대가리를 본다
마누라랑 한바탕하고 어물시장 거닐며 생선 등어리에 어리
는 파도와 구름을 생각한다

중앙시장 지하에서 마누라와 같이 어물을 판다 눈알을 산
다 순대도매집 오른편 어물좌판에 누워 있는 민대가리 문
어 눈알 혹, 이뻐보이기도 하는 신퉁멍퉁이 몇 마리 먼바다
싣고 온 애기 고래 한 마리 그 옆 부새우통속에 오글거리는
별알 같은 부새우의 눈 푸른 비닐 줄에 꿰달려 꽥꽥 외쳐대
는 황태의두름 툭 불거진 눈알을 몽땅 산다(좌판위의생선
눈알은 눈알이아니다) 거의 감겨진 못잎을 사랑 이때부터
누구나 천개의 눈알을 가진다 아니 그 빛나던 눈알은 배꼽
속에 갈무리된다는 거를 알게 된다 눈알과 눈알이 서로 비
친다 세상의 눈알과 눈알이 손을 잡는다 껄껄걸 웃는다 무
궁무진한 눈동자가 한곳으로 웃는다 허공이 웃고 물상이
웃고 툭 터진 빈 눈알을 보는 이가 웃는다

거울에 관한 보고

늙은 햇살이 빗금으로 내리다
직각으로 꽂히다
모든 물물들이 프리즘 통 속으로 클릭되다
깨알 같은 부호들이 정충이 되어 일렬종대로 흘러내리다
살아 꼬물거리는 까만 개미가 무한천공을 가로 지르다
그 밖으로 미끄러지다 다시 보니
검은 햇살이 내리는 백척간두 하얀 배가 보이다
'왼발, 오른발, 내딛는 난
그 아래쪽에서 두 발을 가지지 않아서' 하며 투명보다
더 어두운 내 몸 속에 일어나 나를 비추어 보다
툭 끊기는 필름이다
그림자 없는 투명한 동네다

구두

한 생각 일어나니 넌 가을이고
한 생각 스러지니 넌 봄이다
한 생각 일어나니 님의 바람이고
한 생각 스러지니 님에 대한
나의 강물이어라
바람 부는 네거리에 내가
서면 9층 전봇대 뒤로 해가
해가 날아가오 나도 절룩이며
마른하늘을 걸어 넘어 가오
아무 생각 없는 글 한 줄
쓰고 돌아보니
이건 벽보도 낙서도 아니오
다만 구두란 제목은 별난
생각이 없어 달아본 것뿐이오
올 봄도 이렇게 지나갔오
올 가을도 굿바이

깃 없는 바바리

비가 부들부들 기러기 되어 가슴
쓸고 갈잎을
쓸고 가을을
쓸고 가을의 경계를
쓸고 빗물엔 얼비치는
갈빛 사내
맨발로
맨 종아리로 가을을
밟고 바람을
헤집고 갈잎
불며 가슴 속
기러기 되어
오는구나 해가
가고 달이
오고 해와 달 너머로 구름으로
오고 천둥소리
그치더니 아스팔트에
뒹구는 낙엽 위로
비, 빗소리 창을 통해
만져지는 목덜미에
흘러내리는

가을가각街角

주상복합상가 난전엔 월드컵 티셔츠를 입은 늙은 여자가
쭈그려 앉은 채 열무와 파, 부새우들을 낳고 있었다

가을, 햇살에 꿰어 달린 구름덩이가 아무렇지도 않은 듯
내 머리를 낳고 있었다

리어카에 석류를 가득 담은 작은 남자가 왝왝 말을 토하고
있었다 딸려 가며 긴 그림자를 낳고 있었다

이슬기둥에 관한 보고

낱 조각들이 박힌다 했다. 칠통을 빠져나온 별들이 망막에
박힌다. (물로 씻고 눈꺼풀을 껌벅인다고 하지만) 부서진
유리조각의 빛남, 다시 눈꺼풀하고 생각한다.
은어, 그래 장배기에 허옇다. 상처기가 가끔 손끝에 묻어나
는 이슬기둥, 털이 생겼다.

밤하늘을 떠받히고 있는 이슬기둥, 털이 생긴다. 등날로 털
을 바치고 있는 은어, 털 난 소식을 일착지—着늘라 하자. 어
느새
이슬기둥에 서성이다가 일월日月이 매달린다. 가만히 있어
도 달은 뜬다. 햇살 부신 이슬기둥이라, 하자.

해가 떨어진다, 이것이 내 본가소식. 눈꺼풀은 원래 없다,
빛을 잉태한 어린아이의 식지 끝에 떨어지는, 반짝이는 털.
달빛에 은어라, 고향의 풍광이라 해도 알맞을 수 없다. 그
래도 고향의 풍광, 이슬기둥과 달빛에 은어, 은어 비늘에
털이 났다. 그저 고향 소식,

은어에 털어나고 있다. 나는 오늘 망막에 박힌 유리조각은

눈꺼풀에 밀린 유리조각이라고, 별빛으로 숨쉬는 칠흑 창
공 은어 등날에 털이 난다.
촛불이 되어 은어가 되어 이슬기둥이 되어 본가의 털을 보
이고 있다.

엄동설한 섣달 그믐날, 9척 이슬기둥 위로 은어가 은어가
날아간다. 오늘도 나는 절룩이며 해를 따라 넘어가고 있소.
이슬기둥에 털 난 소식, 판치板齒라 해 두자.
진중珍重!

베네딕토 16세

바람 부는 늦봄 저녁 반포동 한신 아파트에 부동산 이소장
따라 들어서자 허물을 벗듯이 남겨둔 22평 직육면체 상자
가 엉거주춤 놓여 있고 쓰레기 쌓인 구석엔 한 사내 반나의
사내가 버려져 있었지 십자목을 깔고 가만히 누워 있는 젊
은 사내 십자목 한가운데 고개를 왼쪽으로 떨어뜨린 채 너
풀대는 헝겊 쪼가리로 아랫도리를 가린 채 까마득한 얼굴
로 있었지 내 어릴 적 예수님 같기도 한 그 사내를 가장 잘
보여주는 센터에다 걸어두고 나는 까맣게 잊고 있었지 이
튿날 오후 2시 우연히 TV로 본 교황 즉위식 십자목에 매달
린 젊은 사내 여전히 고개를 왼쪽으로 내려뜨리고 오른 무
릎을 약간 올린 그 사내가 베네딕토 16세라 불리는 흰 고깔
모를 쓴 백두노인의 지팡이에 매달려 있었다

우산쓰기

간밤 나는 우산을 쓰고 아침 8시는
우산을 쓰고 달린다. 동부고속, 동부고속이
우산을 쓴다 나는 매주 목요일 서울로
가네. 서울로 간, 가는 버스는 아무리
달려도 길 위를 달리네. 지난주 비
오지 않고 바람만 불어. 오늘은 펄럭이는
빗줄기가 우산을 받고 가네. 대체 버스는
어디로 간단 말인가? 하늘로 가는 길엔
눈과 귀가 없지 물론 코와 입도 없어.
그런데 하늘은 어째서 팔도 손도 없이
우산을 쓴단 말인가? 빗속을 떠다니는
우산 하늘이 쓴 우산은 보이지 않네. 눈에
가득 찬 푸른 산 푸른 내가 있고 내가
달린다. 달리는 게 아니라 하늘이 쓴 우산
위에 내가 흐르네. 냇물엔 헤엄치는 산천어
떼 발밑을 빠져 나네. 하늘엔 비, 산 위에
비 내린다. 내리는 비가 우산을 쓴다.
달리는 동부고속이 우산을 쓴다.

속 내 없는 그대다

너의 몸 만져지는 거는 아니다 생각조차 거부하면서 나
와 매 한가지로 다니는지 알지 못한다 그러나 넌 간혹 투명
하게 나타나 나와 한가지로 다니다 앉고 자다가 우는 이 무
궁한 세계의 틈새에서 한 가지로 시간의 옷을 아니 넌 그
옷이다 또 이태리 마블 욕조에서 발가숭이 몸을 훔치는 속
말간 웃음이다 아니 본전 없이 울음 우는 그대다 얼비치는
속 내 없는 그대다

손도장을 찍다, 흔적 없이

　허공에 동백 밭이 매달려 있다 어디쯤, 보이지 않는 내가
　외가닥 칡 줄에 대롱거린다 장배기엔
　동백꽃이 억샌 갈퀴손이 되어 솟는다 선혈 낭자한 또 한
손이
　내 코끝을 쥐고, 꿈 가운데
　날랜 비수를 이마에 대고, 어디선가
　칼날이 돌아온다 또 한 칼날이
　돌아 날아오고, 꿈 아래
　찾아드는 비수 나는
　온 몸으로 받는다 처녀설위에
　떨어지는 동백의 꽃 이파리
　무무인無拇印 무무인無拇印 무무인無拇印*……
　도장을 찍어라찍어라 그러나
　은코끼리는 동백을 달고 가물가물
　사라지고 엄지인장의 나이테에 흰 눈은
　나려나려 내 망막 위에 채곡채곡 싸인다

　인장은 도장이다 우리 집 식구들은 모두 인장을 가졌다
한 번은 옆집에 사는 막내의 친구가 마음 어리는 수정 인장

을 가지고 왔다 참 예뻤다 수정은 투명이다 허공은 투명인
듯하나 겹겹이 빔이다 나는 텅 빈 인장이 없다 나도 마음
텅 빈 인장을 갖고 싶다. 하루는 기록카드에 인장을 찍게
되었다 "도장을 찍으시오 없으면 무인을 찍으면 될게 아니
오" "무인?" "손도장 말이오" 그렇다 손도장은 지장이다 지
장을 무인이라 한다 참 무인은 편리하다 아버지와 어머니
가 만나기 전 손도장은 없다, 아니 있다 이젠 인장을 찍으
라고 해도 나는 당황하지 않는다 "그럼 무인을 찍으시고 무
인 무인……" 이 기막힌 말에 '없을 무'가 붙으면 무무인이
된다 (삼라만상은 누가 찍은 무인인가?) 은코리와 장난에
빠진 날은 두두물물이 없다, 있다

* 무무인 : 무인은 손도장, 곧 손도장을 찍되 찍힘이 없다는 뜻으로 선가에
    서 사용함.

또 다른 토끼에 대한 검색*

a) 어머니 어머니의 토끼/아버지 아버지의 토끼 b) 집에서 기르는 집토끼, 산에서 사는 산토끼/보름달 속에서 방아 찧는 옥토끼, 조선 금사리 백자에 도공이 그린 청토끼 c) 내 유년기의 토끼, 월장하여 서리해 삶아 먹던 토끼/싸리 광주리 어깨 메고 아카시아 꽃잎 밟으며 순아와 같이 가던 내 수음의 길 위에 아롱대던 토끼, d) 전교생이 풀리어 남산을 떠밀고 잡은 빨간 눈의 세 마리 산토끼/까까머리 중학생 친구 놈 야밤에 토끼 서리 후 새벽녘 온 몸을 뜯으며 덤벼들던 무수한 꿈속의 토끼 e) 딸 아이 유학 후 귀국 길에 딸려 온 송토니(아내는 암컷이니까 로니라 불러야 한다 하지만)라는 애완 토끼/화투, 그 젤리 같은 8월 광 속에 뜬 보름달에 늘 얼비치든 토끼 f) 방금 두 손으로 세수하는 척 하다가 침대 위에서 오줌을 싼 토끼/부팅하면 모니터에 뜨는 검은 점박이 코 토끼 g) 공룡을 물리치고 여태 남은 토끼/겸재의 화첩 속에 본

34

듯한 댓잎 같은 귀를 쫑긋 세우던 토끼 h) 기
타에 드는 토끼/기타 너머의 토끼.
(/를 물고 사라진 토끼)

* 보르헤스의 '또 다른 탐구' 읽고

모래경經

모래가 많다고 말하진 않는다. 간지스강에는 모래가 없다. 간지스에는 아무도 간지스에 모래가 말씀을 한다고 말하진 않는다. 그럼 모래가 말을 한단 말인가. 모래는 그 자식만 낳을 뿐이다. 모래놈 모래년 모래새끼 모래자식 모래자기 모래건달 모래어깨 모래이마 모래는 모래에 대해 말하지 않는다. 중얼거릴 뿐, 모래알 하나를 꼭 집어 천만의 면경面 鏡 각角 속에 던져 보라. 중얼 중얼 모래가 말을 한다. 모래, 새끼 모래 놈 모래 년 모래 자식 모래 자기 모래 건달 모래 어깨 모래 이마 모래 눈 모래 털이 서로 겹쳐서 중얼중얼 말을 한다. 모래에 모래만한 귀가 열려, 이 많은 모래 족속들은 말을 않는다. 말을 않는 것은 좋다. 말을 하다가 하지 않는 게 아니라 원래 말을 않는다. 아니 발바닥으로 간질간 질 들려오는 말씀, 가만히 들어 보라 모래가 말씀을 한다. 그러나 그러나 나는 한 말씀도 옮기지 못하는구나 모래가 말씀을 한다. 간지스가 만각萬角의 프리즘 속을 흔들고 그 흔들리는 면경 각에 간지스 모래가 깔깔거리고 그 깔랑대 는 모래 속에 또 만각의 면경 집에 음전하게 누웠다. 모래 가 말씀을 한다.

어느 잡지사에 보낸 시작 메모

시작 메모는 시작을 메모하는 거다. 그래, 오늘 50의 청명한

오늘은 둔치 꽃밭이다. 코스모스 잡초같이 스러지는

가을 햇살이다. 길 끄트머리에

있는 금잔화다. 금잔화가 움켜쥐고

있는 가을 길이다. 가을

길을 나서고 있는 가을 시인이다. 이 말씀을 코스모스도

금잔화도 모르고

모를 거다. 나는 시작의

메모를 한다.

고향

강원도 오대산 월정사 본당 위쪽, 오대산에 머물던 중들의 부도가 밭을 이룹니다 부도는 종 모양입니다 아마 바위같이 앉아 고요에 들거나 혹은 종이나 목탁을 많이 때린 스님들 사후 돌종이 되어 천년 돌 종소리를 내면 지나가는 눈 푸른 나그네의 귀를 때릴 겁니다 아무리 보아도 크고 웅장한 돌종은 생전 많은 욕심을 먹고 살은 것 같습니다 그래도 부도 밭은 시립합창단이 한 300일쯤 고르고 고른 하모니 같아 귀속엔 향불 냄새로 이 오대 골짝을 지핍니다 골짝 전나무 오갈피나무 참나무 자작나무 모두모두 다소곳합니다 심지어는 청설모 다람쥐, 발끝을 간질이는 물소리까지도 그렇지요, 아아 고향입니다 "이 몇 해 만이냐?" "한 40년만이군" "그래 스님들 법체 강녕들 하십니까? 강녕들" 조그마하고 보잘것없는 돌종이 이끼를 헤집고 나와 쉰 소리로 "그래 돌팔이 놈 풍각쟁이 시인 놈 한 500년 만에 고향에 오니 나를 몰라보는 군 쯔 쯔" 그랬던 5000년쯤 되어 돌아 돈 고향, 그러나 참말로참말로 어디에도 접어두고 싶지 않는 말씀이 있습니다 나에겐 고향이 없습니다

편안히

글을 쓴다 내 가는 곳마다 딩굴 언어들 그 속에 납작하게
새가 난다 얇은 주머니 속인가 바깥인가 하얀 웃음 둘러싸
인 영동고속도로를 간다 이팝나무 옹알대는 영동고속도를
간다 얇은 하늘 사이로 새가 난다 유령, 갑자기 유령이라고
쓴다 그렇다 육신이 없는 몸체가 언어 속으로 들어간다 저
강한 저항 다시 언어에 밀려 나온다 잠속을 내가 나온다 나
는 뙤약볕 푸른 초여름 정오라고 쓴다 나는 편안히 라고 차
창에 쓴다

무위진인無爲眞人

나는 늦가을 아침이라 썼다가 지우고 화탕지옥이라 썼다가
이내 지운다 절대현재 참사람이라 썼다가 지우고 하늘이라
썼다가 다시 지운다 임제라고 썼다가 지우고 서옹이라 썼
다가 만악을 다시 지운다 무슨 똥막대기라 덧말 써본다

그저 아무렇게나 쓴다 두터운 톳바 내어 말려놓았다가 올
겨울에 입어야지 갑자기 간밤 꿈에서 목마르다 배 따 오너
라 하던 소리도 같이 쓴다 사실, 올 추석 미운 제자 몇몇이
싫은 선생에게 배를 보내왔다 타고 오라고

모른다 모르겠다 여기 몇 상자 저기 몇 상자 배 따오너라
톳바 말려야지 하다가 누런 판치 다시 끼우듯 파초 주장자
앗아 휘저으시더니 오늘도 화탕지옥 하얗게 하얗게 꽃 피
우시네 가을, 우담바라 꽃 한 송이 내 주머니에 꽂으시던
이 가을 햇살!

무심코

내가 하고 싶은 내가 하는 일은
내 태어나기 전
그저, 앉아서 조는 일
유일물有一物로 두리번거리는
내가 모르는 일은

늦가을 마지막 햇살과
춤추며
떠다니는 내 하늘 속
눈 안 가득 찬 석양의 느티와
꺼풀 없는 창에 어리는

하얀 손,
달뜨니 문득 창을 잡고 우는
무심한 갈잎이다
아침마다 무심코
만져지는 무심 코

내가 정녕 모르는

깔깔대는 손뼉 소리!
그저 그저
불식不識이라 하자
무심코 치는 손뼉소리라 하자

2부

습득

Dharma

어깨에 지팡이 걸친 사내 지팡이 끝에 한 쪽 신발 걸치고
가는 텁석부리 사내

천산 총령을 쉬지 않고 넘는 사내 오늘도 넘고 내일도 넘
으리 저 쪽 산 너머로

가는 사내는 이 쪽 산 너머로 오는 사내 서로서로 아무
말 없이 웃음 지우리

누가 누구에게 웃던가? 웃음 짓다 턱 빠져 턱도 없이 그
냥 가리

이 햇빛 부신 봄날 지나가는 산제비에게 물으리 골짝 계
곡물에게 물으리 물어도

물어도 구름 사이로 치닫는 턱 빠진 황금털 사자

* Dharma는 법法 도道 진리로 의역되었고 달마達磨로 음역되었음. 중국에
   선을 처음 전한 서역 사문 보리달마란 승려도 있다.

서옹가풍 1

돈을 받을 때마다 그는 '너는 누구냐?' 하고 물었지만, 누구나 돈만 드렸지 누가 누군지에 대하여 아무 말도 하지 못했다. 여름 어느 날 장승배기 임제선원 조실, 그를 찾아뵈려 동해에서 전복 열 대 여섯 마리를 스티로폼 통에 담아 들고 들어선 적이 있었다.

이 날도 '너는 누구냐, 취현이 무엇이지?' 하는 물음에 '저지요' 하여도 '저가 누구인데?' 하여서 엉겁결에 '통 속에 전복이지요' 하였더니, 벽력같은 소리로 '시자야, 빨리 이놈을 내다 죽을 쒀라' 하였다. 이날 내가 가져온 전복은 죽이 되어 그도 먹고 나도 먹고 대중들의 저녁공양이 되었다.

서옹가풍 2

반야심경강론 초고를 들고 그를 찾아뵈었다. 청하기도 전에 '선승이 무슨 글이 있나' 고 하시며 한사코 거절하였다. 다급하여 '선승이 무슨 글이 있나' 라고 만 써주시면 서문으로 싣겠다하니 웃으시며 '거 놓고 가거라' 하길래 훗날 찾아뵈었더니 '반야칼이여 부처와/조사를 처죽이고/싶어런 칼을 쓰고는/급히 갈어라/나무 까치는 날러서/하늘 밖에 사모치니/바로 천 봉오리 만/산악을 통과해 가도/다' 하였다. 무슨 아방가르드 시인지 문자는 있는듯한데 학력이 짧았는지 맞춤법과 띄어쓰기, 행 가르기가 다 틀렸다.

만공

하얀 막 위에 가물가물 필름이 끊기듯 이어지는, 조선종이
벽이 펼쳐지는 금강산 마하연 선방. 선반엔 바루가 서로 귀
속 말을 주고받고 있었다. 선객禪客 대여섯이 벽을 보고 졸
고 있었고, 나는 은코끼리와 장난질에 빠져 있었다. 금방
벽에 붙여 먹물이 채 마르지 안한 용상방龍象傍에선 소임 맡
은 스님들이 하나씩 장삼을 떨치며 나오고 있었고, 한 쪽엔
살쾡이 눈을 한 납자들이 은박지로 만든 코끼리를 이마에
부치고 벽 뒤로 저며 들고 있었다. 어간에는 벽안의 선사가
기인 긴 손가락을 뻗어서 은코끼리를 쓰다듬고 계셨다. 햇
살 비낀 줄을 타고 은코끼리가 고물고물고물 기어오르고
있었다.

그 후 꿈마다 내 오줌보가 탱탱 부풀어 올랐고 날마다 더
힘껏 내휘두르는 장쾌한 용두질, 부풀 듯 일어나는 송곳 꽂
을 땅조차 없는 내 거시기, 자꾸자꾸 일어서는 내 거시기.

나는 나는 철부지 풍각쟁이

쉰의 가을은 이제 막 쉬게 되는 묵밥이라 하면 너무 통속적인 표현이다 그러나 아마 이건 내 등을 덮친, 이 가을 비실비실하는 햇살 때문일 거다 혹, 저녁 운동 길 풀죽어 돌아나 가는 바람이나 냇가에서 줍는 아이들의 물비늘 때문일 거다 아니야, 아니야 휘파람새 길게 읊조리는 둔치의 수양버들 길섶, 허물어질 듯 달려 있는 두어 포기 봉선화 반경 30㎝ 안쪽에 내팽개쳐진 당신의 손톱 몇 날, 설디 서러운 연분홍 마음 몇 점. 하늘엔 금새 저녁놀 사라지고 구름은 바람으로 내려와 갈잎 분다 나는나는 운수객 철부지 풍각쟁이 가을 시인 돌아오는 길 봉숭아 꽃잎 실에 꿰어본다 그러나 그러나 이건 순전히 감상일 뿐입니다

서옹 스님

네게 이것이 있다면
줄 것이요 만약
이것이 없다면 **빼앗을** 것이니 이럴 때
뭐라고 그럴 것이여 하며 싱싱한
웃음 보내던
스님이 생각난다 아니
생각나는 것은
삼복 여름 발가벗고 앉아
기를 넣어 달라 하시던
돌팔이 기공사 흉내 내는 나를
철석으로 믿고 보채시던
선한 눈동자다 그러나
오늘 나는 이렇게 서 있고
스님은 재작년 엄동 앉은 채
걸어 나가셨는데 지금도
모니터에 모습 그대로
앉아 계신다

한계령 철없는 단풍

　단풍이 듬성듬성 보이는 초가을 오후 한계령 고갯길 이
승훈 선생님을 모시고 운전하는 바로 뒤 김언희 시인이 발
아래로 내려다보는 고개 숙인 모습이 백밀러에 보이고 뒷
좌석 가운데는 김종미 시인의 매끈거리는 얘기가 타일인
양 깔리고 그 옆에 누가 앉았더라 생각 잘 나지 않는 한계
령을 오늘 나 혼자 넘어오고 있네
　누구나 무등 탄 한계령 꼭대기에선 자신의 아우성을 낮
은 허리춤에 매달고 발바닥으로 구름을 밟을 수 있다는 생
각이 드는데 오늘따라 나는 턱없이 아찔해 밖을 보니 내 품
으로 안겨드는 한계령 중턱에 철없는 싱싱한 단풍이 '나 여
기 있어요' 하네

습득

1호선 지하철 분실물신고센터에 있는 건
하얀 차돌 두어 개와 나를 따라온
청태 사이로 비치는 오대산 맨가슴 그리고
가부좌 틀고 있는 청량선원이네 그곳엔
내가 주워온 금빛 옷을 걸친 늙은 부처 아니
법당 왼쪽에 단정히 앉아 있던
이마 말간 문수동자가 있네 아니 이날
툇마루에 졸고 있는 하늘 한 자락과
푸른 솔잎 입에 문 물총새 한 마리 그리고
솔바람이 있네 아니 지하철 분실물신고센터
알림판엔 깔깔 웃음 웃던 습득물이 붙어
있네 동굴 속으로 고함지르며 사라진
습득*이 붙어있네 습득이 보이네

* 습득拾得은 당나라 때 사람. 국청사 풍간선사가 주워 키웠다. 한산과 늘
  같이 한암 깊은 굴에서 지냈고 절에서 허드렛일하여 밥을 얻었고 미친 짓
  하면서도 선도리에 맞았고 시를 잘했다. 태주자사가 한암으로 찾아가 옷
  과 약을 주니 '도적놈아 도적놈아 물러가라' 하며 웃으면서 한암 속으로
  사라졌다.

동암 스님

하루 낮 하루 밤 누워 있다가
복숭아 꽃 지는 늦봄
한 석달 장좌불와하고
한 삼백 리 산길 포행하다가
풍문에 듣자하니
동암 늙은 중
왕보살이 가져 온 능금
크게 한 입 베어먹다가
몸 벗고
우르륵 지는 꽃송이 따라
한 삼십 년 사라졌다던가
달빛에 겨워 도리사
조실 창에 어린
시나브르 지는
복숭아 꽃잎 또 본다던가

선법사 서옹화상 찬

– 참사람 무간지옥에 들다

극락에서 무간지옥으로 들었다 해도
무간지옥에서 극락으로 가셨다 해도
무간지옥에서 무간지옥으로 옮기지 안했다 해도
부족합니다 실눈을
잘게 뜨신 참사람이
걸음도 당당하게 무간지옥으로 들고
가없는 광명의 하늘
틈이 펼쳐집니다 무간지옥이 된
눈 먼 당나귀

몰록* 일할을 바칩니다

* 몰록 : 몰록 돈頓, 중세 고어. 공간적으로 몽땅의 몰쏙과 시간적으로 별안간 갑자기의 모르기가 합성되어 몰록으로 되다. ex) 만법이 자심에 있음이니 어찌 자심 가운데로 좇아 몰록 진여의 본성을 보지 못하는고(萬法盡在自心 何不從自心中 頓見眞如本性, 탄허 역, 「오법전의」『육조단경』영은사간, p.55.)

면목面目

누가 있어 찾고 숨기고 하는가.
혀 날름거리며 코끝을 핥는다.
절대현재의 지위 없는
참사람

보이는가 보이는가?
손끝에 만져지는
적육단자赤肉團子,
천둥 발가숭이.

바로 똥 누고 오줌 싸는 것조차
부질없는 일
이라면 죽으란 말인지,
살아도 마찬가지다.

속속이 단 참외 사오너라,
천둥 번개 치는 소리.

* 착어 : 입으로 드나드는 것, 본 사람 없다 스스로 껌벅이고 스스로 답하는
  이 놈. 신통이라 하지 말라.

이하李賀와 달빈거사

당나라 시인 이하는 귀신 망령이다
귀재 귀란 귀신, 귀신의 사자다 사자인 망령이란 잿빛 하
늘과
납빛 혼령 떠돌기만 하는 저승과 이승 중턱을 머뭇거리는
달빈이, 환상과 풍각쟁이 시인 음흉한 몽유환자

이하가 찾아왔다
그와 나는 오밤중 달빛 내리는 묘지에서 한 여성을 사모
했고
나 역시 스물일곱에 절명했다 그는 말하듯 시를 지었고
나는
그의 시를 기억했다 이하는 스물일곱에 절명 나는 환갑이
넘어 선 사실주의자, 환상이 필요했지만
필요한 건 시, 시는 돈이 되어야 하지요

유년에 시를 익힌 이하는 17세에 당대의 시인 한유를 찾
았고
40 중턱에 나는 시를 싣고 싶어 옛 스승의 문전을 기웃거
렸다

한유는 귀신기 서린 풋내기 시인의 면담을 사절했고
나는 오직 그의 시를 읊었다

　　검은 구름을 눌러
　　성벽이 무너질 듯 금빛 비늘
　　반짝이는 달빛 속 갑옷

이라고 써 갈긴 시행 한유는 옷깃을 고치며 맞았고,
절망행랑인 시보따리로 풀게 했지만 이것은 결국
무거운 병마로 왔네 1000년 후 병마가 글을 씁니다
나는 '달 빈 이' 라 3년 만에 〈가을가각街角〉이란 제로 시
를 지어
나뭇가지에 걸었더니 바람이 웃으며 떼어 가버렸습니다
다시 옮깁니다

　　주상복합상가 난전엔 월드컵 티셔츠를 입은 늙은 여자가
　　쭈그려 앉은 채 열무와 파, 부새우들을 낳고 있었다

　　가을, 햇살에 꿰어 달린 구름덩이가 아무렇지도 않은 듯 내

머리를 낳고 있었다

리어카에 석류를 가득 담은 작은 남자가 왝왝 말을 토하고
있었다 딸려 가며 긴 그림자를 낳고 있었다

23살에 환갑이 된 이하는

　장안의 한 젊은이 스물 살에 마음 벌써 늙어
　능가경은 책상머리에 쌓여있고 초사도 손에서 놓지 못하네
　곤궁하고 못난 인생 해질녘에 에오라지 기울이는 술잔
　지금 벌써 길은 막혀...

하략입니다

시인의 나이 스무 세 살 봄 귀재 이하는 귀향합니다 귀향
鬼響은
　귀신의 소리 귀향鬼香은 귀신의 향기 귀향鬼向은 귀신을 향
한다니
　귀향歸鄕, 즉 고향, 본래자리로 돌아갑니다 어쨌든

본래자리로 환지본처하는 그를, 그의 시를 옮깁니다
지금까지 귀향하지 못한 채 남아도는 시 한 수를 적습니다

　　뜰 안에 나무 심지 말라 심어 놓으면
　　일 년 사시 근심 뿐
　　홀로 잠드는 남쪽 창
　　침상에 뜨는 달
　　올 가을도 지난 가을과 같아...

여기까지 쓴 나는 2007년 9월 환갑을 맞았고 이제 다시
　두어 달 갓 넘긴 갓난쟁이입니다 곧잘 수다 떠는 나는 그
를
　달빈이라고 이름 지었습니다 허전하여 그 뒤에 거사란
말이
　멋있어 보여 달빈거사라 불러 보았습니다 이하는
　이하는 생략입니다

시인

그가 내게 보인 건 바람이야 바람 따라 날아가는 작년 겨울 눈발이야. 가으내 햇살 따라 뿌려지던 눈발이라 하면 그건 문제일 거야. 무엇이 문제인가? 해질 녘, 여름 내내 내리던 비야. 어느 누구도 모르는 비야. 그러니까 오늘 저녁 석양이 그의 속옷을 명주 필처럼 깔고, 내 앞에 서 있는 거야.

무량수無量壽, 무량수無量壽하고 울던 그 서러운 쪽빛 하늘

우린 한없는 목숨으로 산다. 간절한
한 숨으로 살게 하는 곳,
경북 영주 봉황산 부석사

무량수전이 이고 있는 쪽빛 하늘을, 이곳에 이르면 누구
나 알게 된다 이 땅 끝에서 하늘로 잇닿는 유일한 통로, 천
년 전이나 지금이나 가파른 층계가 옷고름처럼 풀어 내린
108 돌계단 끄트머리는 하늘 입구로 줄 닿아 하늘 첫 문 안
양루安養樓 밑을 빠져 나서 그 곳에 첫발을 들어 놓으면 우린
서방정토를 싸고 있는 그 눈부시게 슬픈 쪽빛 하늘에 닿게
된다 누구나 하늘이 된다
이곳의 이름이 바로 봉황鳳凰이다 무량수無量壽 무량수無量壽
하며 하늘 한 가운데를 날아다니는 새, 내리다 보면 겹겹이
몰려오는 산자락과 공깃돌 같은 내 머물던 곳에서 들려오
는 소리, 무량수 무량수하며 우는 슬픈 울음, 찢어질듯 한
이곳 하늘에서 만난다

머리 가슴 특히 진사 입술은 내려놓고 오시라 누구나 이
곳에 들려면

마음 귀 눈 모두 벗으면 몰려드는 하늘,
눈물만한 허공방울, 톡 불어내면 온통
걸려 펄럭이는 울음
그 울음 보러 오시길

요놈 봐라

꿈이든 생시이든 말하고 싶지 않다.
이 기막힌 가슴 탁 트이는
간 밤 일꾼 개미만한 은코끼리가 고물고물
쉼 없이 '요놈 봐라' '요놈 봐라' *로 걸어 나오고
있었다. Z자로 혹은 S자로도 걸어 나오고
있었다. 어디서 걸어오는 건지 어디로 가는
건지는 그 환함 속에서도 도저히 분간되지
않았다. '요놈 봐라' '요놈 봐라' 한 은코끼리가
절벽을 가로로 내 닫고, 한 코끼리는
하늘에 두 발을 붙이고 긴 코로 내
장배기를 향해 휘 젖고, 한 코끼리는 내
딛는 땅 거죽 반대편에 나와 발바닥을 마주하여
걷고, 한 코끼리는 지나가는 바람소리에
얹혀 나오고, 또 한 코끼리는 내
콧구멍에서 기어 나오고,
(때도 곳도 없는 요놈의 작태 좀 보소)

'요놈 봐라'
햇살이 기상나팔 소리 같이 덮쳐올 때,

이 아침까지도 오롯이 거듭되어지는
내 이승과 저승에 걸쳐지는
그 어디에도 떨어지지 않는

* '요놈봐라'는 시심마是甚麼, 즉 번역하여 '이것이 무엇인가?'라는 화두의
변형이다. 시심마, 이뭣꼬, 요놈봐라는 모두 같은 말이며 자기 자신을 회
광반조하며 자기에게 묻는다.

고요

세상 밀쳐놓고
딴전 부리는
돌
이다
세상 싸 덮는
저
막무가내의
밥보자기

서옹법좌

포효하는 호랑이 사라진 자리
늙은이 우두커니 앉아 있구나

창살이 새벽 이마를 만질 때쯤

여기 마른 똥자루 한 덩어리
꾸벅꾸벅 졸고 있구나

관수교의 봄

바람이 불고 있었다
12층 청계빌딩이 기울어지고
복원된 청계천 관수교 앞
물 따라 흐르는 상춘객들이 있었다

한 여인이 전철 티켓만한 손거울을 든 채 물빛을 떠올리
며 앞 이빨을 입술 위에 올려놓고 있었다 나는 관수교 위를
통과하는 봄바람에 기댄 채 그녀가 뱉어내는 이빨을 무심
히 바라보고 있었다 햇살이 온몸으로 쏟아지고 있었다 청
계빌딩이 입고 있던 옷은 그림자가 되어 나의 얼굴을 덮고
있었다 공기가 수제비 뜨며 날고 있었다 꽃바구니가 자전
거 뒤에 걸터앉아 지나가고 나뭇가지는 긴 손가락으로 관
수교 아래를 가리키고 있었다 나비였다 아니 홑씨였다 갈
래갈래 갈래머리 흔들고 있었다

하늘엔 햇살이 쌍쌍이
내리박히고 있었다
푸른 가슴에
은빛 나비를 단
봄이 팔랑거리고 있었다

68년 어느 봄날 무량수전은 배추흰나비 떼들로 1

천년 큰 법당은 이미 심상치 않게 흰나비 떼로만 둘러싸
이더니
백팔 돌계단 에스컬레이터 되어 돌아보니 배꽃은
중학생 갈래머리 따라 흐드러지게 웃으며 내려가고 있었네
무량수전은 한 채의 큰 무덤이었네 도래솔처럼 가장자리
두른
배나무의 이마며 목덜미며 손등과 콧등, 그 흰 드레스 자
락에 슬몃
맨발의 발가락도 보였네 하늘의 푸르름이
여태 푸른 이 봄날은
크낙한 부처의 어깨 사뿐히 누르고 있는 배추흰나비 진
정 이런
환한 슬픔 있을까

68년 봄날 무량수전은 배추흰나비 떼들로 2

무광택 황금빛 부처의 손등을 살포시 누르고 있는
배추흰나비. 천년 큰 법당 대들보엔 목을 길게 뺀
용 한 마리, 빛살 튕기는 배꽃 사이로 비상을 준비
하고 있었다

성철화상 진영 찬

빙긋이 웃는
저 화상
어디서 본 듯도 하이
양 귀
쌍 눈알
두 콧구멍
왜 입은 삐죽이 다물었는고
얼핏 보아도 온통 한 구멍뿐이니
하하
그 구멍엔
구더기 일렁거리며
하늘 구멍 새로 둥치네

그래도 우스운 건
그 구멍 크기만큼 크기로 솟는
저 화상
빙긋이 웃는 내
구멍 크기 일세

임제록

청명한 한낮
쓸데없이 생사해탈이니 견성불법이니
요따위 짓 가르치고 있나?
임제한테 와서 보화는 늘 이렇게 씨부렁거린다

임제에게 제자들이
보화가 도가 있는 중이냐 없는 소냐? 하는데,
보화가 미친놈처럼 나타난다
너가 성현이냐 범부냐? 임제가 묻자
그럼 너가 말해라 내가 성현이냐 범부냐?
임제가 할을 하니
보화가 제자들을 돌아보며
하나는 새 며느리요 하나는 늙은 할미군 하는
말끝, 임제가 도적놈! 하고 외치자
도적이라 도적이라 되받아 씨부렁거리며
나간다

보화가 사라진 책갈피엔 가을이 비치는
볕 따슨 한낮!

3부

■ 시인의 얼굴과 육필

68년 봄날 無量壽殿은 배흘림기둥 때문로

송 준 영

무량타의 황혼빛 부처의 손등을 살포시 누르고 있는
배흘림 기둥. 그리고 큰 법당 댓돌보인 봄을 깊게 빤
熱 한 머리, 빛살 타기는 배꽃 사이로 飛翔을
준비하고 있었다

4부

우리들의 식사

우리들의 식사

올림픽 공원벤치에서 점심을 먹습니다.
200미리 두유 한 병, 신문지 식탁엔
훼밀리 베이커리 빵 한 개. 그리고
어디선가 달려온 비둘기 식구와
참새 두어 마리.

점심을 먹습니다.
키보드에 부호를 찍듯
모두가 점을 찍는 지금 빈 땅 위,
낮 별들이 떠오릅니다. 내가 흩어버린
빵 조각들이 마음 밭에 심겨지고

이내 따사로운 햇살로 퍼집니다. 머리와
머리 푼 바람이 됩니다. 바람아
바람아 너도 점심에 들고 싶으니? 그럼
은 숟갈 하나 들고 오너라. 입에다
입에다 물고 오너라.

바람 불며 나리꽃 나는 오늘 점심은

점만 찍는 오늘 식사는
이 봄날은
그대로 식탁입니다. 마음에
점만 찍는 거룩한 순간입니다.

2000년 봄 강릉 산불은

하늘은 온통 꺼멍이다 못해 잿빛 통막을 눈 안 저쪽에서
저 밖까지 고요처럼 펼쳐 보인다 이 막힌 곳 어떠한 바람도
더는 그 하수인 불을 동반하진 못하리 현대 공원묘지 한 복
판 사면팔방에서 꺼먼 발자국이 몰려와 내 몸을 관통한다
이미 미쳐 날뛰던 불의 정령이 초록 씨앗을 빠뜨리고 갔는
지 숨소리의 낌새도 보인다 사람들은 생솔가지 꺾어 재로
뒤덮인 묏등에 올리고 혼령을 부르면 숯꺼멍 하늘 틈새로
벌거벗은 사내와 여자가 나와 아이를 잉태하는 노래를 부른
다 금시 맨발의 아이가 태어나 내딛는 청단풍잎 같은 발자
국이 재속에 찍힌다 그 옆 혼이 돌아오는 초록길도 보인다
　흐트러진 솔가지를 매만지고 돌아오는 길 바람이 슬쩍
돌아지나 간 초록 원형더미는 재속에 뻥 뚫린 숨구멍처럼
보인다 꺼먼 해안이 보인다 지난 신새벽 바람이 사근진 앞
바다에 닿아 불은 언제 그랬냐는 듯 직방으로 태양 속에 빨
려드는 것도 보인다 그러나 이날 밤 나의 꿈은 잿빛 고요와
초록 어울림이었다

굿바이 루사

시베리아 눈 덮힌 벌판
쥐색 폭스털 모자를 눌러 쓴 듯한
이름의 루사*, 닥터 지바고의
설원 한 컷으로 흘러내리는
원고지 위를 밤 내내
흘러내리는 루사

내 사는 강릉
달포가 지난 지금
도 뻘밭이다 투명 밖 다른 세상
같다 거울 뒷면의 도시
거울 속에 없는
더 들어앉은 도시

모든 건 뜻대로 뜻대로
떠다니다 흘러내리다 처박힌
그러나 뻘만 남은 세상
여긴 애시당초 없었다 모든 건
기억 속 흔적조차 없는

이 안에서 붉은
치마를 뒤집어 쓴 시베리아 설원을
황토색 고무신으로 달려가는
시베리아 화냥년
굿바이
루사

* 2002년 8월 31일 오전 1시에서부터 9월 1일 오전 1시까지 비바람을 동반
한 폭우가 891미리 에서 약 1000미리까지 집중으로 년 중 강우량의 3분
의 2가 쏟아져 강릉 사상 초유의 수해를 봄. 이 때 태풍 이름이 루사다.

창밖엔 봄눈 내리고

이른 아침인가 깊은 밤 나 홀로
침상모서리에 앉네 눈구름은 하늘에
있고 봄눈은 원고지에 내가
보는 내 방 모퉁이 방금 지던
난초 꽃이 나를 보고 너도 벽이나
되라 너도 천장 되라 너도 창이나
되라 하는 이 말 들린다 하면 그건
허깨비가 귀청에 들어왔을 뿐 그래도
나 멍청이 앉아 귀 막고 눈뜨고 눈
감고 귀 열은 한 자루의 밥자루
오늘도 하릴없이 하늘 향해
손가락질하고 땅 밟지 않고 걸음
걷는 밥자루야 천만번 되새겨도
침상이 네 귀를 벗고 둥둥 뜬
봄눈이나 되라 눈이나 되어 턱도
없는 사랑이나 나누어라 하네 그러나
이 때 문지방이 또 슬쩍 이마를
만지지요 난 모릅니다 하긴 어깨를
집던 하얀 손톱들도 그저 날아
날아만 가니까요

버스 터미널

광장 후미진 모퉁이의 그을음 나무 하나 서 있다 그 밑,
불빛이 수묵화로 나른히 번지는 벤치에 크고 작은 보퉁
이 두어 개가 놓여있다

다가가 보니 작은 보퉁이에서 손이 슬몃 나와 나를 보고
있다
한쪽에는 뜯다만 알 라면이 큰 보퉁이 위에 그 무게보다
더 무겁게 놓여있다

하차장에는 장거리를 달려온 지친 버스가 넘어간 해를
등에 업고 들어오고 있다

한 귀퉁이에는 이별해야 할 연인들이 아주 오오래 벽 속
에서 나와 같이 갇혀있다

봄밤

그대 홀로 가는데 눈이 오네
놀라와라
혼자 가는 그를 어떻게 알았을까?
몰랐겠지 그래서
혼자 가는 걸 시로 짓고
눈 오는 소리를 듣는 거겠지
눈이 오네 듣는 이 없는
이 밤
귀, 귀들이 중얼중얼 내리네

가을

햇살로 싸였구나 바람으로 싸였구나 산지사방에 허방 벽
면이 발랑 눕는구나 해지듯 달 스며들 듯 소리 없이 늙는
너가 익어 가는 너가 다가오는구나 말 한마디 없는 그대가
말 한마디 않는 나에게 수인사조차 없구나 아무 말도 없구
나 깜깜한 우리는 말이 없구나 꼼지락할 순 더더욱 없구나
아무 말도 하지 말아야지 그건 순전히 너의 말이고 너의 생
각이고 아무 말도 할 수 없구나 그래도 오오 나는 허물어지
고 허물어지고 끝내는 갇히고, 누가 허물어진 내가 갇힌 나
인가 물으면 아무 망설임 없이 예! 하고 대답하는구나 갇힌
내가 허물어진 나인가 물어도 예, 그렇습니다 하고 씩씩하
게 대답하는구나 소리가 입안에 맴돌아도 예 예 예하고 연
방 대답하는구나 그러면 너는 일어나 발랑 누운 너가 일어
나 나에게로 오다가 놀람 절에 없어지고 밍밍한 내가 비듬
투성이 내가 반백의 내가 부끄럼 없이 있구나 없는 듯 있구
나 허지만 이 새로 돌아오는 가을날 나에겐 지금도 말하기
싫은 게 있습니다 작년 그 작년 가을은 무위도식의 나날 그
자체였습니다

눈 쌓인 창

목을 길게 빼 보세요
구름 위로 솟을 겁니다

당신은 눈 덮인 지붕에
턱을 괴고 있군요
그러나

끝내는 검은 눈동자만
보인답니다

내 자라던 곳은

내 자라던 쌍8년도 풍기 5일장
나무전 거리
싸리나무 자작나무 참나무 소나무 단
종대 행렬 바리바리 들어서고
간혹 바소쿠리에 담겨오는 산 내음
지게꼬리에 대롱이던 송이 타래
탱자 상투 꼬리에 염소 수염한
소백산 추동골 정감록파 도인님네가
몰고오는 낮달, 도깨비바늘 도꼬마리 엉겅퀴 가시가
물방울 튕기듯 송송 모인
나무전 거리의 풍경
도토리묵장사 찰떡장사 울릉도호박엿장사
진종일 넘쳐나던 거리도
파장 무렵 너 나 없이 국밥, 한 대접의 막걸리로
마을 부풀어 나고
슬슬 꼬리 물고 산으로 재촉하는 길
45도 안동소주 훨훨 타던 소줏고리 속
선홍빛 저녁 놀
마지막 짓 광목 차양에 빗겨 서성이며

일렁이는 풍기바람
펄럭이는 직조공장 처녀들
마실 나서는

삼단우산

창을 흔들며 우는 너의 손, 갈잎 주워
본다 가을가각街角, 빌딩 속으로 저며드는

그대, 고향집 소식을 들으리

속속이 단 참외 사 오너라
하얀 어둠이 내리는 소리
속속이 빗소리

5부

행장시

동암성수 선사 행장

거북이 상호 노스님은 까르르 배꼽 웃음이 제일이라고 공양주 꼭지보살님은 말하지만, 절 촌수로 조카 된다는 부전스님은 스님이 금강산 마하연 선방에서 용성 큰스님한테 주장자로 뭘 묻다가 직살나게 맞았다고 뒷구멍으로 흉보지만, 내가 본 조실 큰스님이 만들어 낸 몇 가지 얘기를 잊지 못한다.

1967년 부석사 큰법당인 무량수전을 뺑 돌아 배꽃 만발할 때, 긴 긴 삼동
벗어나, 초파일이 지나야 정미소 빌린 장리쌀 갚고 배불리
한 바루의 이밥을 먹을 수 있는 것이 그리울 때, 배고플수록
길이 코밑에 드러날 때, 별이 쏟아지면 그 자리마다 어둠의
눈알이 빠꼼빠꼼 내밀 듯한 칠흑 오 밤중만 이어질 때, 취현암
지댓방에서 곤한 잠을 밀고 해우소 가다가 범종각에 앉아 졸고 있는
조실 스님을 보았다. "아, 무다아, 무여!"
허공을 매달 듯한 빈소리 허방 벽면에 무가 주렁주렁 매달렸다
사라진 자리. 스님도 산도 하늘도

나는 진정 스님을 본 게다. 물줄기가 어느 가을 돌들을 돌돌 감아 도는 듯한 바닥소리로 스님은 나에게 말씀하고 계셨다.

  "난 한 달에 세 번 밖에 이놈이 서지 않는다 말이야," "시님, 그래 가지고서야 어디 성불하시겠습니까. 그 놈이 실해야 이놈도 실할 거 아닙니까?" "허 고놈 살림살이가 오전짜리 송편만큼 익어 가는군, 허 기특타. 그런데 한 번 서면 열흘은 장히 가안다. 너는?" "시님 저야 아직도 설 턱이 없지요." "거 안서는 놈은 너 몸 어디 있드냐?" "???" 어둠을 쓸어내는 그 빛의 광채를 나는 보았다. (아아 스님 우리 스님)

  어느 초봄 양지 바른 부석사 취현암 뜨락. 고향생각 집 생각 하루는 스님들이 울력 하다가 차 공양하려 간 빈자리에 앉아, 낫을 들고 맨땅을 콩콩 찧곤 했다. 눈 안에 확 드는 큰 지네 한 마리. 난 무심코 내리 찧었다. 자꾸자꾸 도막나는 지네 육신들, "야 그건 왜 그래." 슬픔이 뚝 뚝 떨어져 내리는 말의 시체를 나는 보았다. (아아 스님 우리 스님)

  한여름 시주님들이 모두 떠난 어스름. 스님 뒤를 서너 발 자국 떨어져 따라 다니는 나는 불콰해진 주정뱅이일 뿐, "석단을 봐라, 천 년 전이나 천 년 후나 하루도 빈 날 없이

밝음과 어둠을 동무 삼고 있는, 큰 돌 작은 돌 어디 하나 가벼운 게 있더냐." (아아 스님 우리 스님)

스님께서는 경북 선산 도리사로 가시고 나는 스님이 없는 빈자리를, 반찬이 맞지 않다고 특히 여름엔 고소무침, 가을엔 도토리묵무침이 맘에 들지 않는다고 응얼거리시던 스님을 가슴 가득 담고 살고 있었다. 이 때 내가 비로소 안 것은 '초가 자기 몸을 태우며 세상을 밝게 한다는 것'을 체득하고 울곤 할 때였다.(이것이 평생을 나를 먹여 살리긴 했지만) 몇 해

봄날 모처럼 산사에서 보게 되는 신문에 동암 큰스님 열반, 사리 88과 수거. 안거 80하 등등의 몇 토막의 기사가 나의 모든 걸 박살내고 있었다. 그럴수록 공부에 대한 뿌리가 나의 가슴 깊은 곳간에 씨앗이 되어 발아하고 있었다. 그리움 만 쌓이다가 동암큰스님은 풍문과 전설에 묻혀갔다.

하루 낮 하루 밤 누워 있다가
복숭아 꽃 지는 늦봄에
한 석 달 장좌불와하고

94

한 삼백 리 산길 포행하다가
풍문에 듣자하니
동암 늙은 중
왕보살이 가져 온 능금
크게 한입 베어먹다가
몸 벗고
우르륵 지는 꽃송이 따라
한 삼십 년 사라졌다던가
달빛 무게에 겨워
도리사 조실 창에 어린
시나브르 지는
복숭아 꽃닢 또 본다던가

  인연 없는 중생 스승에게 '동암성수 선사 찬' 이란 제題로
글을 짓고, 무한 창공으로 긴 숨을 쏟았다. 그 후 스님의 자
췰 살피니 성은 밀양 박씨요, 당호는 동암이고 이름은 성수
이다. 강원도 통천인이며 8살에 동진 출가하여 80 안거를
하였고, 용성선사에게 금강산 마하연에서 머리를 깎았다.
용성선사에게는 동산, 인곡, 동암, 고암, 자운, 동헌이 법자

로 기록됨을 불교사상이란 월간지에서 읽을 수 있었다. 스님의 은법자로 광철, 공철, 우철, 백산, 풍암, 돈철, 심철과 거사 취현 등이 있다.

오라, 낙수는 멀수록 소리가 크고
사람의 그리움은 죽음에 가까울수록 또렷하구나.
서른 해가 지난 2001년, 창틈에 비 스미는
늦봄 지는 복사꽃을 보며
삼가 제자 취현 적다.

■ 시인의 꿈과 길

칸나생각

1. 나의 시와 나의 지형학

칸나가 있던 남대천 둔치에
칸나가 없고
칸나가 없는 자리엔 낮은 포복을 하던 짙은 구름 한 쪽이
칸나의 불붙는 궁둥이 자국이 난 바위에 걸터앉아
칸나의 작년을 생각하고
칸나는 흔적이 없고
칸나가 피던 작년은 흔적 없고
칸나의 생각만 피어 있고
칸나가 핀 자리는 없고
칸나만 피고

칸나가 처음 꽃이 핀 날은 신문이 오지 않았고
칸나가 핀 날은 아무 일도 일어나지 않고 다음 날 소나기가
왔고*

칸나란 제목 아래 까만 겉눈썹도 젖은 눈시울도 이젠 없고
또 너무 많은 하늘이 남의 집 울타리에 하릴없이 다리 하나
를 걸치고**

칸나가 아스팔트에도 피고 기침을 하며 서해로 가면

칸나도 나와 함께 피를 토하며 서해로 달려가고

칸나 앞에서 한 일도 없는 나는

칸나 속에서

칸나와 함께

칸나에 대한 시나 쓰고***

시나 쓰고 시나 쓰는

가을은 기침만 하는 나의

가을은 머리카락만 날리고 덩달아 부는 바람에 속눈썹만 날리고

아내도 없는 빈 방 칸나는

팔방 무늬 천장에 펄럭이고

국화꽃 무늬 벽에도 펄럭이고

– 「칸나」 전문

*오규원의 시 「칸나」변용. **김춘수의 시 「칸나」변용. ***이승훈의 시 「칸나」변용.

시 「칸나」는 이렇게 시작한다.

「칸나」는 처음부터 온전하고 정상적인 정신을 가지고 있지 않고, 정상이란 염두조차 두지 않고 몽환적인 환유를 거듭하고 있다.

굳이 이 시의 현실적인 근거처를 말하라 하면 내가 사는 강원도 강릉시를 관통하는 내[川]인 남대천 둔치를 한 사내의 사유가 어실렁어실렁 걷고 있다 할까? 아니 남대천의 시

원인 대관령 한 골짝을 짙은 안개를 헤치며 안개 속에 떠다 닌다고나 할까? 어느덧 백천억겁百千億劫과 무한청공無限天空을 흘러온 칸나는 올 가을 따라 남천 강변엔 있지 않고, 그 칸 나가 앉아 있던 자리엔 짙은 구름이 내려와 칸나의 탐스런 궁둥이를 만지며 칸나의 작년을 생각하고, 돌이켜 보니 칸 나는 흔적이 없고 칸나가 피던 세월도 흔적이 없고 또 눈을 닦고 살펴도 칸나가 핀 자리도 흔적 없는데 칸나만 칸나만 칸나의 생각이 되어 피어나고, 여기에 무슨 지역성이 있는 가? 미친 칸나다. 미친 이에게는 방위가 없다. 미친 이에게 는 고향이 없다. 그리고 미친 이에게는 시간이 없다. 그래 서 만나지는 때도 없다. 그저 미친 이만 있을 뿐이다. 끝내 미친 이도 없다.

「칸나」에서 흘러 다니는 기표에서 만나지는 것은, 무언가 어스름이 다가갈 수 있는 것은 아무 의미 없이, 아무 이유 없는 칸나의 생각이다. 그러나 칸나를 만날 수 있는 곳은, 칸나와 만나지는 때는 끝내 미친 이도 없는 몽환의 곳이고 몽환의 때다.

2연과 3연에서는 칸나는 마구 남의 대문 안마당에서 서 성인다. 오규원의 「칸나」를 훔쳐보고, 김춘수의 「칸나」를 바라본다. 그저 꿈과 같이 흐르며 스스로를 흘리며 칸나가 흘리고 있는 생각을, 혼백처럼 넘나든다. 칸나가 이 가을 남의 집 울타리를 넘어 도적질이나 하니, 여기에 나/너가 관통된 채 내 집 곳간을 열어두고 남의 집 곳간에서 아무런 양심도 없이 물건들을 훔친다. 칸나의 생각이 문제다.

결국 4연에서는 이승훈의 「칸나」가 잡혀가는 도독처럼 고개를 떨어트린 채 옮겨와 앉는다.

칸나가 시를 쓴다. 칸나가 되어 칸나의 생각이 시를 쓴다. 생각이라고 할 수 없는 '내'가 시를 쓴다.

가을이 시를 쓴다. 아내가 없어도 시를 쓰고 천장도 벽도 시를 쓰고 칸나가 아무런 실체도 없는 칸나가 미친 듯이 시를 쓴다. 하지만 나는 정녕 모르겠다. 그러나 우리는 나는 칸나는 유한한 존재인 동시에 무한한 존재일는지 모를 일이다. 나의 고향은 6척 내 몸 안이고, 지난 가을 둔치에 핀 칸나이고, 보이지 않는 칸나의 궁둥이이고, 이 가을 각혈하는 칸나와의 잠시 이별일 따름이다.

2. 한국시의 미래 속에서 찾는 내 시의 키워드

한 10년 세월을 나는 어떻게 하면 내가 보았던 세계를 온전히 담아 보여줄 수 있을까 하는, 그 그릇을 찾아 돌아다녔다. 우선 나의 최대 관심은 전통적이고 고전적인 온통 두루뭉실하게, 적당한 표현을 빌려 애매모호하게, 혹은 여백으로 처리된 문장과 배경을, 마치 동양화 그리는 듯한 여백의 문장작법을, 정확하고 논리적이며 문장의 긴장과 부조화에서 오는 기타줄 튕기는 듯한 밀밀한 표현에 의한 선시禪詩의 수용, 그 수사학을 공부하고 다듬느라고 세월을 보냈다.

내 나이 어느 새 환갑이란다. 사실 난 나이를 모르고 아니 까맣게 잊고 지냈다. 어느 날 서울서 제자 몇이 오래만이니 밥이라도 한 끼 하자고 양재동 어느 한식집에 오라했다. 가서 보니 환갑이었다. 내가 왜 이런 지극히 사적인 얘기를 공개적인 시집에 하는가? 이것은 『시와반시』로부터 청탁받은 〈한국시의 미래 속에서 찾는 내 시의 키워드〉에 대하여 적어 달라는 내용과 환갑을 기해 내가 설계 기획하고 있는 계획과 묘하게도 일치되기 때문이다.

사실 나는 늦깎이로 시단에 나왔다. 젊어서 갈구하던 시작詩作을 멀리하고 그동안 풀리지 않는 간화선看話禪 공안公案을 들고 30년이란 긴 세월을 실참실수實參實修하며 헤매어 왔다. 내 나이, 마흔들어 저 밑으로부터 처 밀어 오는 희미한 의심이 사라진 후, 나는 젊었을 때 사랑하고, 한편으로는 짓눌러 오던 시에 대한 열망을, 또 참선을 하며 내가 보았던 온통 수천 가지 빛으로, 영롱하던 세계를, 놀랍도록 편안한 이 세계를 그대로 언어로 보여 보고 싶은 욕망이 다시 시를 쓰게 했다. 40이 넘는 나이에 시를 붙잡고 초발심자로 10여 년의 세월을 보냈다. 긴 세월 동안 수사학에 매달리어 이런 시 형태, 저런 시 형태를 베끼고 훔치고 페러디하며 안착하지 않은 채 열심히 옮겨 다니며 시 습작에 매달리곤 했다.

나는 그 동안 많이 지쳤고, 한 5년 전에는 내 몸과 나의 욕망이 부딪쳐 위암이 생겨 절개수술을 받게 되었고, 그래도 이를 무시한 채 나의 열망은 계속 매주 서울을 오가며 시를 담을 그릇을 찾아 헤매었다.

이제 내가 그렇게 갈망하던 시마詩魔와 같이 동행하고 포개어져 옮겨보려는 찰나, "지금까지의 '내 시의 키워드'와 앞으로 설계하고 있는 '내 시의 키워드'의 상관관계와 앞으로의 시세계에 대하여 밝히라" 하는 절명의 소식을 듣는다.

뭘 밝힐 것이 있는가? 그저 내 시 한편을 옮길 뿐이다.

아! 인생은 얼마나 살 값어치가 있는가?

보라, 맞든 안 맞든 시 한 편 나간다. 독자들은 크게 한 번 웃으면 될 것이려니.

나는 늦가을 아침이라 썼다가 지우고 화탕지옥이라 썼다가 이내 지운다 절대현재 참사람이라 썼다가 지우고 하늘이라 썼다가 다시 지운다 임제라고 썼다가 지우고 서용이라 썼다가 만악을 다시 지운다 무슨 똥막대기라 덧말 써본다

그저 아무렇게나 쓴다 두터운 톳바 내어 말려놓았다가 올 겨울에 입어야지 갑자기 간밤 꿈에서 목마르다 배 따 오너라 하던 소리도 같이 쓴다 사실, 올 추석 미운 제자 몇몇이 싫은 선생에게 배를 보내왔다 타고 오라고

모른다 모르겠다 여기 몇 상자 저기 몇 상자 배 따오너라 톳 바 말려야지 하다가 누런 판치 다시 끼우듯 파초 주장자 앗아 휘저으시더니 오늘도 화탕지옥 하얗게하얗게 꽃 피우시네 가을, 우담바라 꽃 한 송이 내 주머니에 꽂으시던 이 가을 햇살!

- 「무위진인」 전문

1947년 양. 9월 2일(음. 7월 열여드레) 경상북도 영주시 철
　　　담산 밑 관사골에서 양주 송종하와 김반야심을 양
　　　친으로 태어나다.

1954~1957년 퇴계 이황의 직전 제자 금계 황준량의 문손인
　　　안묘산 공의 〈묘산의숙〉에서 한학 수업.『천자문』
　　　『동문선습』『명심보감』『소학』과『대학』을 보다.

1960~1963년 경북 영주 풍기중학교 입학.『맹자』『논어』
　　　를 읽다. 풍기중학교 졸업 후, 다시 영주 영광중학
　　　교를 편입하여 3학년을 한 번 더 다니다.

1963년 영광고등학교 입학. 2학년 겨울 방학 때, 태백시 태
　　　백고등학교로 전학하다.

1966년 태백고등학교에서 졸업기념 교지에 단편소설「참
　　　외」를 발표하다.

1967년 영주 부석사에 소설을 쓰려고 입산하다. 이곳에서
　　　동암성수 선사를 만나 참선하다. 스님으로부터 〈如
　　　何是 父母未生前 眞面目인가?〉 화두를 간택받다.
　　　법명 취현을 얻다. 부석사 취현암에서 〈촛불이 제
　　　자신을 태워 남에게 빛냄을 자각〉하고 초발심하다.
　　　『선요』와『서장』, 서옹 스님이 지은『임제록연의』를
　　　읽다.

1968년 탄허택성 화상에게『화엄경』강을 들으며『금강경
　　　오가해』『원각경』을 읽다. 대구 동화사 금당선원에
　　　서 동안거하다. 이기영 박사에게 원효의『대승기신
　　　론소』강 받다.

1969년 군 입대 대신에 춘천교육대학에 입학하여 군사 교
육을 받다. 박동규 교수 만나다.

박동규 교수가 서울대로 전출하다. 춘천 명동 보리
수 다방에서 최돈선과 같이 시화전을 하는데 이승
훈 시인이 와서 처음 인사드리다. 다음 해 박동규
교수 후임으로 이승훈 교수가 부임, 최돈선 이외수
임동윤 등의 문우와 어울리다.『장자』와 노자의『도
덕경』을 읽다. 춘천교육대 학보에 단편「하루 만에
일어난 일들을」연재하다.

1971년 춘천교육대학을 졸업하고 강원도 정선군 벽탄국민
학교에 초임 발령받다.

1973년 태백시 태백국민하교로 전출하다. 이 때 제자가 서
승현 시인이다.『조주록』『임제록』을 읽다

교육대학교 동창인 고경자 선생과 결혼하다. 부부
교사로 사회에 첫발을 내딛다.

1975년 경상북도 성주국민하교로 전출하고 그해 사표를
내다.

1976년 딸 다해(현 동원대 교수 및 한방협진 아토미병원 실
장)가 태어나다.『벽암록』과『종용록』『전신법요』
『원오심요』를 읽다.『서장』『선요』를 재독 삼독하다.

1979년 아내도 사표를 내고 대구에서 살다. 시멘트 대리점
을 했으나, 사업에 실패를 하다. 아들 동림(베이징
대학교 학부와 석사를 거쳐 동대학원 박사과정)이
가 태어나다. 틈틈이 참선을 하며『육조단경』『선문

염송』과『전등록』『조당집』을 읽다.

1981년 생활이 어려워 강원도 강릉으로 이사 후, 화장품 대리점 및 화장품 점포를 하다.

1982~1990년 생활이 조금 안정되자 오대산이나 팔공산·봉황산·계룡산·소백산으로 선지식을 찾아 헤매다. 화두가 순일하게 들리다. 관동대학교 대학원 국문과를 다니며 시 쓰기에 정성을 기울이다. 졸업논문「선시의 표현방법론에 관한 연구―모순적 어법을 중심으로」

1984년 고송 종협 선사를 참문하다. 부산 서운거사를 참문하다. 김지견 박사의『설잠의 화엄일승법계도병서』를 필사하다.『아함경』『중론』을 읽다.

강원도 대학생불교연합회와 강릉 불교청년회의 지도법사로 포교당에서 이 때부터 10여 년간 법문하다.

1985년 8월 15일 가야산 백련암 성철 선사 참문하다.『선문정로』주해하다.

꿈속 금강산 마하연 선원 만공 선사 문하에서 수선하며 주시注視 받다. 밤새도록 잠자리에서 화두가 들리다.

1986년 음력 1월 1일(양 2월 9일) 처가댁 골방에서『선문염송』을 펼치는데, 위산과 향엄의 글자가 보이는가 싶더니, 〈如何是 父母未生前 眞面目麼〉가 눈에 부딪는 순간 '나'를 짓이기던 '나'가 무너졌다. '이것이' 녹아내렸다. 찰라 어디서 술병상자가 무너지며 병 깨지는 소리가 들리다. 기억하는 화두를 스스로 점검하니 마음이 툭, 열려 따라가다. 희미함이 없어지다. 괜히 이틀 간 허허실실 웃다.

『반야심경』 주해를 쓰며, 반야심경을 강릉포교당에서 강의하기 시작하다.

1986년 부운수좌와 같이 서울 장승배기 백운암에서 서옹 상순 선사를 뵙고 생사일여生死一如하였음을 인증하여 달라고 하다가 호된 경책을 받다. 이후 서옹 선사에게 매년 8월 15일에 참문해도 좋다는 말씀을 받다. 〈국민학생이 마지막 턱걸이 하듯, 100미터 마지막 뛰듯〉 최선을 다하라는 말씀을 듣다. 시민선방을 열고 매일 참선하다.

1987년 서울 수국사에서 대중법문하기 위해 법상에 오르는 서옹 스님의 가사를 쥐고 〈바로, 이 자리입니다.〉하다가 옷이 벗겨지고 스님의 할! 소리와 함께 뿌리침을 당하다.

1992년 『반야심경』 쓰기를 마치다. 이때 서문 계송 "般若劍兮殺佛祖/吹毛用了急須磨/木鵲飛翔徹天外/直透千峰萬嶽去"를 서옹 선사에게 받을 때, 질문하시기를 '어떤 이는 반야심경의 요체를 반야바라밀이라 하기도 하고, 색즉시공 공즉시색, 혹은 도일체고액이다, 진실불허다 하는데 너는 심경의 요체를 무엇으로 보는지 일러보라고 하시었다. 나는 잠자코 앉아 있다가 "저는 마하는 반야요 반야는 바라밀이고 바

107

라밀은 다이며 다는 심이고 심은 경입니다. 관은 자
재요 자재는 보살이며 보살은 행이고 행은 심이며
심은 반야요 반야는 바라밀, 바라밀은 다요 다는 시
이며 시는 조견이고 조견은 오온이고 오온은 개공
입니다. …… '또 이어 말씀을 올리려하는데 스님께
서는 "그래, 그래 됐다 됐어' 하시었다.

이 때 화두가 순일하며 잠자리에서도 화두를 잡두
리하다. 밤이면 비몽사몽 간에 금강산 마하연 선방
에서 만공월면 선사에게 말없는 공부를 하다.

1993년 송취현(법명) 『반야심경강론』을 경서원에서 출판하
다. 서옹 스님의 심장에 이상이 와서 일본 신도가
하는 병원에서 진찰 후, 결과에 따라 심장수술도 할
것이라 하여 크게 상심하다. 그래서 사진사를 불러
필름 한 통을 찍다. 그중 잘된 진영을 확대하여 백
운암에 가져갔는데, 스님께서 사진을 보시며 "참 천
진하게 찍혀구면." 하시기에, 문득 "스님, 스님의
마지막 참문제자로 뒷날 학인들이 서옹의 진면목이
어떠하더냐 하고 물으면 무어라 대답을 해야 됩니
까?" 하니 스님이 특유의 웃음을 웃으시더니 말끔
히 보는 듯싶더니 일어서서 껑충 뛰면서 "나는 반야
다, 반야야."하고 외치시길래, "스님 선지식이 되어
서 그렇게 어렵게 법문하시면 누가 알아듣겠습니
까?" "그래 그러면 너는 어떻게 할래?" 나는 순간
용수철같이 티면서 아득히 "나도 반야다"하고 외쳤

다. 이에 스님은 "그렇다. 넌 역시 반야를 잘 알고 있구나. 그러할 뿐이다."하셨다.

1993년~현재 12월 3일 강릉 성남동에서 사숙 대관령시인학교를 개설하다. 이듬해 서울 강남문학회에 시를 지도하다. 『초사』를 읽다.

1994년 봄, 새벽 전화를 통해 아련히 서옹 스님의 피로에 지친 목소리를 들었다. "취현이여, 나, 5일 날 일본 가, 잘 갔다가 오면 연락할 깨." 나는 급히 백운암으로 달려갔다. 스님께서는 몇 가지 〈서옹연의 임제록〉, 〈고방선사 벽암록〉, 〈수처작주 휘호〉, 〈백양사 법맥 가첩〉, 〈서옹 친필 현토 심신명〉과 〈전법게〉를 내렸다. 이 때 스님의 시자와 제주도 법화원 시몽 화상이 있었다.

송월조 거사에게 마음을 열어 보이다

부처와 조사를 초월하였으니 이가 진인이다
면밀한데서 일보 이동했으니 날으는 용을 보았구나
진리의 향주머니를 따서 깨뜨렸으니 온 나라가 훈훈하고

하늘 틈을 뒤집어 열었으니 청풍이 노도와 같이 불도다

示 宋越祖 居士
超佛越祖是眞人 密移一步見飛龍

摘破香囊熏大國 撥開天竅吼淸風
壬申年 8月 15日 西翁

1995년 11월『월간문학』시부에 작품「토끼」「눈」「난」이
　　　당선되어 문단에 등단하다.『열반경』『법화경』을
　　　읽다.
1998~2001년 시집『눈 속에 핀 하늘 보았니』를 상제하다.
　　　IMF이후 사업을 정리하고 매일 10시간 이상 3년
　　　결사 시공부하다.
2002년 백담사 만해축제에서 이승훈 교수를 오랜만에 만
　　　나다. 이 때 모더니즘 이론과 현대시 시쓰기를 공부
　　　하겠다는 결심이 서다. 매주 목요일 서울에서 이승
　　　훈 교수를 만나 현대시와 선시에 대해 지금까지 토
　　　론 정진하다.
　　　월간『현대시』에 이승훈 시력 40주년 기념호에 평
　　　론「현대선시의 새로운 기미」- 이승훈 시집『인
　　　생』을 중심으로- 발표하다.
2003~2005년 월간 현대시에「송준영 시인의 선시의 향
　　　기」를 5월호부터 28회 연재하다.
　　　『현대시학』『현대시』『시안』『시와시학』『시와반
　　　시』『시와사상』『유심』『불교문예』『시와세계』등에
　　　시를 발표하다.
　　　시「눈」으로 2003년 제3회 〈불교문학상〉, 시「습득」
　　　으로 2005년 제6회 〈박인환 문학상〉을 수상하다.

2000~2002 계간『시현실』주간 역임하다.

2003~ 지금까지 계간『시와세계』발행인 겸 주간. 시작법
『현대시의 이론과 실제』를 간행하다.

『시와세계』에「한국의 선」이라는 제목으로 한국현
대선사열전을 연재 중에 있다.

2006년 월간『현대시』에 연재하던「선시의 향기」를 푸른사
상 출판사에서『현대언어로 읽는 선시의 세계』로
간행하다.

『현대시학』에 8월부터 지금까지 18회「송준영선시
엿보기 발가숭이, 어록」을 연재 중에 있다.

2007년 현대불교신문에「송준영시인과 선시읽기」를 22회
연재하다.

2008년『황금털 사자의 미미소』현대불교신문에서 출간하다.
현, 동방대학원 대학교 겸임교수 및 계간『시와세
계』발행인 겸 주간으로 있음. 시안황금알 시인선
시집『습득』(황금알)을 내다.